KB082369

벽시계 안 밑구녕

人人 사실편시선 019

황영진 시집

벽시계 안 밑구녕

2015년 12월 7일 제1판 제1쇄 인쇄
2015년 12월 14일 제1판 제1쇄 발행

지은이    황영진
펴낸이    강봉구

편집      김영미
디자인    bonggune
인쇄제본   (주)아이엠피

펴낸곳    작은숲출판사
등록번호   제406-2013-000081호
주소      100-250 서울시 중구 퇴계로 32길 34(예장동) 2층
전화      070-4067-8560
팩스      0505-499-8560
홈페이지   http://cafe.daum.net/littlef2010
이메일     littlef2010@daum.net

ⓒ 황영진

ISBN 978-89-97581-84-9  03810
값은 뒤표지에 있습니다.

# 벽시계 안 밑구녕

황영진 시집

작은숲

실컷 울고 난 뒤
편안해졌던 한 때의 기억을
가장 소중한 가치로 떠올리며
용기를 내서
울보의 기록을
세상에 내놓으려 결심했습니다.

울보에게는 습이 되어
이제는 차라리 편안해진 슬픔에게
때 늦었고 어눌하지만
토닥토닥
진심어린 위로를 해 주고 싶었습니다.

사십여 편의 시를 정리하면서
저는 슬픔이 걸어온 길을
되짚어 볼 수밖에 없었는데
정리를 한 후에야 알았습니다.
슬픔을 위로한다고 했지만
정작 위로를 받은 것은 저였다는 것을.
저를 자기 긍정에 이르게 한 것은
놀랍게도 슬픔이었다는 것을.

오늘도 슬픔은,
삶에 얼거나 데여 발악하는 저에게
빈 어깨를 슬그머니 내어 준 채,
노을이 비친 저녁 길을
쓸쓸하고 조용하게 바라봅니다.

|차례|

4      시인의 말


# 제1부

12     눈물

13     감사한다

16     아버지의 큰 손

18     아버지, 울지 않았다

20     그 방

22     장대비

24     시

25     사랑은 왜 가난에서 오는가

27     그 눈동자

29     코고무신

31     어머니 무덤

34     낮달

36     얼음 눈물

## 제2부

40  먼 산

41  짝사랑 2

43  짝사랑 3

45  목

46  사춘기

47  중력

49  묵

50  보푸라기

52  탄 감자

54  감꽃 연서

56  너에게 가는 길

58  마지막 사람

59  살 맛


## 제3부

62  만남

63  세상 일

64  한 번쯤

65  고단하고 남루한 나의 몸에게

67  낚시터에서

68  천둥오리 새끼의 울음

69   밥의 실존

71   낮달2

73   단풍

74   쓴 소주를 마셔도 좋을 날을 위하여

77   미나리

79   소주

81   자취방 추억

84   파리여 존경한다

85   고추밭에서

87   남몰래 이쁜 것들을 위하여

89   위로

91   막걸리가 먹고 싶다

93   무좀 치료법



96   해설 | 어릴 때의 농촌체험, 그리움과 넘어섬의 대상 ·
정대호(시인)

제1부

# 눈물

평생 없이 살다가
배고픈 게 병이 되어
병원 한 번 못 가고 돌아가신
내 어매 유언은 "밑구녕"이었다.
이 말이 유언인 줄도 모르다가
세상 버리신 지 이태 지난 어느 명절날
고향집 안방에 걸려 있던
벽시계 먼지를 털다가 알았다.
벽시계 안 "밑구녕"으로
명절 때 고향 가서 터진 손에 쥐어 드린
꼬깃꼬깃한 만 원짜리 지폐들이
배곯던 우리 어매 생손앓이 고름 터지듯
찔끔찔끔 투두두둑 방바닥에 터져 내렸다.

# 감사한다

가난한 집안에 태어났음을 감사한다.
배가 고파 쳐다본 대책 없이 텅 빈 하늘이 없었다면
삶에 대한 애착과 허망을 함께 배우지 못했을 것이다.

막내로 태어났음을 감사한다.
눈 어두운 노부모의 늦둥이 사랑이 없었다면
인정과 사랑의 위대한 맹목성을 배우지 못했을 것이다.

어머니의 슬픔을 감사한다.
글썽이던 눈동자에 비친 낮달이 없었다면
어찌 감히 슬픔을 힘으로 삼는 시심을 흉내나마 낼 수
있었으랴.

아버지의 술 취정과 노름을 감사한다.
빚잔치로 땅을 잃고 술김에 초가집에 불을 놓는 절망
이 없었다면

절망의 무서움과 그 무서움이 희망을 만드는 이치를 알
지 못했을 것이다.

농민의 아들임을 감사한다.
혀 빠지게 일하고도 제대로 대접받지 못하는 억울함이
없었다면
세 끼 밥을 먹는 데서 느끼는 행복은 불가능했을 것이
다.

어린 시절 어깨가 굽을 정도로 힘든 노동을 감사한다.
앙상한 어깨에 바수구리를 지고 비틀거리며 산전 밭을
오르내리지 않았다면
힘들게 일하는 사람에 대한 고마움을 느끼지 못했을 것
이다.

왕복 사십 리의 등굣길을 감사한다.

허기진 배를 맹물로 달래며 걷던 길이 없었다면
먹성이 유별난 나는 지금까지 건강하게 살아있지 못했
을 것이다.

시련을 준 내 운명을 감사한다.
아니, 시련과 함께 깨달음을 준 내 운명을 감사한다.
이들이 따로 왔다면 나에겐 운명조차 없었을 것이다.

# 아버지의 큰 손

아버지의 손은 크고 어리석었다.
그 손으로 화투장을 잡아 세간을 날렸고
그 손으로 병약한 어머니의 머리채를 홧김에 휘잡았다.

아버지의 손은 크고 여렸다.
그 손으로 개나 돼지, 닭을 성큼성큼 잡았고
그 손으로 할아버지 돌아가신 날 눈물도 닦았다.

아버지의 손은 크고 겁 많았다.
그 손으로 어느 한 겨울 떨면서 도벌을 했고
그 손으로 손이 작고 흰 산감독한테 빌고 또 빌었다.

아버지의 손은 크고 바빴다.
그 손으로 구 단이 넘는 담배를 쪄내었고
그 손으로 팔 남매를 먹이고 입혔다.

아버지의 손은 크고 불쌍했다.

돌아가실 때, 마디 굵어 울퉁불퉁한 아버지의 손은

홀쭉한 배 위에서 힘없이 가지런하였다.

# 아버지, 울지 않았다

아버지, 울지 않았다
첫째딸이 홀애비의 재취로
달아난 그 밤에도

아버지, 울지 않았다
둘째딸이 삼판쟁이 총각을 따라
몰래 떠난 새벽에도

아버지 울지 않았다
넷째형이 자살한
그 해 봄 뻐꾸기 울던 한낮에도

아버지, 울지 않았다
막내가 붉은 수인을 달고
감방에 간 그 무더운 날에도

아버지, 울지 않았다
자식 때문에 울고
남편 때문에 울고
마침내 자기 설움에 울다 지친 어머니
목숨 줄 놓은 그 겨울 한밤에도

아버지 죽어서도 울지 않았다
꼭 다문 입매의 아버지
깡마른 주먹을 꽉 쥐고 있었을 뿐
손톱이 손바닥을 파고들어
피 범벅 생살을 움켜쥐고 있었을 뿐,
아버지, 울지 않았다

# 그 방

그 방에는 어머니가 살았다.
찬바람이 약간만 불어도
머리가 아팠던 어머니를 위하여
늦가을부터 이른 봄까지
때에 전 무명 수건도 함께 살았다.
싸구려 뇌선 약으로는
결코 가시지 않는 아픔,
팔자 눈썹으로 가물거리던
호롱불과 그으름도 매롱매롱 함께 살았다.
아버지가 없는 그 방 한 구석에는
먼지 거미줄을 뒤집어 쓴 빈 절구도 살았다.
외풍이 세던 그 방에는
손가락 쩍쩍 달라붙는 무쇠 문고리가 살았고
밤새도록 배가 고파 울어대던 문풍지도 살았다.
새벽이면 언제나 얼어 있던 자리끼 놋그릇도
언 호박 같은 얼굴의 어머니를 비추면서

눈부처처럼 글썽이며 맑고 시리게 살았다.

# 장대비

흠뻑 비를 맞아 본 적이 언제였던가
흠뻑 울어 본 적이 언제였던가

어린 시절 십 리 잿길을 넘어 삼십 리 흙길을 걸어
영덕경찰서에 갇힌 아버지를 만나러 가는 길에도
한없이 가늘어만 가던 보따리를 인 어머니
비틀거리는 뒷모습에도
나는 울지 않았다

철창을 움켜 쥔 두 눈 퀭한 아버지
깡마른 손, 때 묻은 손을 보고도
먼지로 보얗게 뒤덮인 어머니 얼굴에
검은 선을 그으며 곧게 흘러내리던 눈물을 보고도
나는 울지 않았다

면회를 마치고 돌아오는 길

문득 돌아보면, 어머니
"해가 왜 이래 따갑노?"
때가 전 무명 수건으로
몰래 울어 붉어진 눈을 황급히 가릴 때에도
앞만 보고 걸으며 입술을 앙다문 채
나는 울지 않았다

재를 넘어서자 우리 집 오막살이가
저 멀리 까맣게 보인다 싶더니
갑자기 검은 구름이 모여들어 장대비가 내렸다
나는 드디어 울어도 되었다
천둥소리 후련한 장대비에 젖으며
빗줄기 속에 어머니의 굳은살 박인 조막손을 더듬어 잡고
나는 흠뻑 울었다

# 시

사철 헐벗었던 어머니는 시였다.
노름빚에 천불이 나서
그 어머니를 때렸던 아버지도 시였다.
갈라진 논바닥 위에 엎어져 죽은
장가 못 간 넷째형도 시였다.
한 발이 넘는 생담배를 뜯어 이고
허리 휘청 품을 팔아도
허기진 배 채울 수 없었던
손등이 언제나 부옇게 튼
어리디 어린 누이도 시였다.

훤하게 터진 노을에
그림자처럼 드리운
목숨마저 여렸던 아름다운 시여

# 사랑은 왜 가난에서 오는가

나는 아직 잘 모른다
사랑은 왜 가난에서 오는지
허기져도 먹지 않고
밤 새워 기다렸다가 막내가 드리는
꽁꽁 언 주먹밥 한 덩이
그 주먹밥 한 덩이를 다시 쪼개어 먹는
큰누님의 궁핍한 나눔에서 오는지

나는 아직도 잘 모른다
사랑은 왜 가난에서 오는지
한 바가지 보리밥을 두고도
밥이 모자란다 싶으면 밥이 남고
밥이 남는다 싶으면 밥이 모자랐던
목이 까만 십이 남매
까만 목에 글썽이는 눈동자로 피는지

나는 아직도 잘 모른다
사랑은 왜 가난에서 오는지
가난해서 남루한 옷가지
그 옷 입고 살다 그 옷 입고 일찍 죽은 사 남매
약 한 번 못 쓰고 죽은 그 누이 형제가
함박눈 퍼붓는 이 겨울 한 밤
손가락 호호 부는 그리움으로 타오르는지

# 그 눈동자

키가 작아 아담하던 눈동자
양말 한 번 제대로 못 신어 보고
흙에만 전 작은 발을 가졌던 눈동자
검은 무명치마 위에
기운 흰 옥양목 저고리
평생을 춥고 배고팠던 눈동자

해거름 녘 놀빛 비낀 삽짝에서
술 취한 아버지를 기다리던
무력하고 겁 많았던 눈동자
배가 고파 칭얼대다 잠이 든 밤
젖은 온기에 눈을 떠 보면
깜박깜박 호롱불 아래
잠든 나를 내려다보며
몰래 울먹이던 눈동자
때로 새벽밥을 짓는 아궁이 불빛 앞에

매롱매롱 아련히 젖어 있기도 하던 눈동자

한 겨울
낮 바람 스치는 시커먼 정지문처럼
평생을 밥 지었으면서도
평생을 배고팠던 눈동자
때로 희고 먼 낮달을 담고
때로 캄캄한 한숨을 담았던
지금은 없는 눈동자
그 눈동자

# 코고무신

어매는 없고 코고무신만 남아 있네.
한 쪽만 닳아 구멍이 보이는
작은 코고무신 한 켤레
다리 절던 우리 어매 이걸 신고 살았지.

밥 지을 때도 신었고
밭 매러 갈 때도 신었지.
고추를 딸 때도 신었고
마늘을 심을 때도 신었지.
산나물 뜯으러 갈 때는 새끼로 묶어 신고
담배를 엮을 때는 잠시 벗어 두기도 했지.
한 쪽이 닳으면 바꿔 신었지.

맨발로 맨살로 세상에 나와
한 쪽만 늦게 닳았던 코고무신 우리 어매
절뚝절뚝 평생을 걸어도

양쪽을 똑같이 닳게 하였지.
마지막 한 켤레
남은 한 쪽 마저 닳구지 못하고
병들어 어매는 죽고 말았지.

어매는 저 세상에서도 절뚝거리며 살까.
한 쪽이 덜 닳은 코고무신을 내려다보며
삼밭골 묵밭을 안타까이 바라볼까.

처마 밑 구석에,
한 쪽이 덜 닳은 코고무신만 남아 있고
코고무신 주인인 어매는 이제 없네.

# 어머니 무덤


헤진 고무신을 신고
청솔단을 인 채
뒷산을 오르내리던
당신을 생각합니다.
펜대 잡은 자식 하나 났다고
그토록 자랑이셨던 당신,
해직이 아무리 역사의 길이었다지만
세상에 단 한 사람
당신에게는 고개들 수 없었습니다.
화원 교도소 앞 타는 백일홍
황달이 걸려 샛노란 당신의 얼굴을 보면서
당신이 흘리고 가는 눈물을
생각하고 또 생각했습니다.
사람은 때로 칼날처럼 모질고
때로 이슬처럼 약한 것이지만
칼날 같은 모짐으로도 그 역사로도

이슬 같은 당신의 아픔을 이기지 못했습니다.
누가 당신의 죽음을 기억할까요.
지천으로 돋아난 풀처럼
이름도 없이 죽도록 일만 하다가
지문이 닳아 남자 손 같은
그 굳은살의 거칠한 감촉을.
가르치고 싶었습니다.
가난한 부모님, 부끄러워하지 않도록.
부끄러워했던 내 자신의 후회까지 던져서
기억 속에 단단히 심어 주고 싶었습니다.
그 일이 그토록 어려웠습니다.
당신의 새가슴에 못 박는 일이었습니다.
무덤 쓸며 오늘은 울고 싶습니다.
펜대 잡은 자식도 아니고
의식화 교사도 아닌,
청솔단을 여 날린 삯돈으로

더운 보리밥 한 바가지 얻어
자식의 주린 배를 채워 주었던,
그 어미를 잃은 아이로 울고 싶습니다.

# 낮달

시집보낸 외동딸이
한 움큼의 하얀 뼛가루로 돌아왔을 때
낮달이 떠 있었다.
그미는 정신 줄을 놓고 히 웃었다.

우물물을 긷다가 먼 산을 보고
보리를 씻다가도 하늘을 보고
낮달이 떠 있었다.
그미는 일도 잊고 컴컴한 방에서 종일토록 히 웃었다.

늙은 남편이 경운기에 그미를 실어
바깥바람을 쐬러 나가면
그 때마다 낮달이 떠 있었다.
개미가 종아리를 물어뜯어도 마냥 히 웃었다.

어느 겨울 해가 한 자나 남은 날

집 근처 황초집 담벼락에 기대어
하염없이 낮달이 떠 있었다.
목숨 줄을 놓으면서도 그미는 히 웃었다.

홀로 남은 남편 용케도 버틴다 싶더니
어느 날부터 히 웃었다.
똥오줌도 잊고 지린 옷을 입은 채 이승을 뒹굴다가
아내 죽고 이태 동안 낮달을 보다가 히 웃으며 졌다.

# 얼음 눈물

가녀린 것들아
다 여기에 오렴

동지섣달 새파란 밤하늘아
언 별빛아
그 하늘 공제선에
밤보다 더 검은 싸리나무야
살을 에며 우는 매몰찬 밤바람아
그 바람 속 무섭고 먼 삼십 리 밤길아
발이 시려 아프다가 감각조차 없어진
닳아서 구멍 난 검정 고무신아
아버지가 없는 불 꺼진 노름방아
홀로 되돌아온 움막집 냉기야
눈 못 감고 죽은 우리 엄마야
먼 별빛 아스라히 담아
꽁꽁 언 눈동자야

놀란 토끼야
먹을 것 없어 떨고 선 노루야
빈 소주 대병에 비친
새파란 달빛아

뜨겁고도 차가운
얼음 눈물아

제2부

# 먼 산

첫사랑 잃고 돌아와
굴뚝 연기 서녘으로 흩어지는
한겨울 저녁 눈길 얼어 절어 돌아와

세상이 싫어 요강 들이고
세상이 싫어 문 잠그고
세상이 싫어 무명 이불 덮어쓰고

한 사흘 끙끙 앓아누웠다가
이래서는 안 되지, 화들짝 일어나면
현기증 같은 봉창 너머 그 너머 먼 산

## 짝사랑2

동부 시장 초입에는 닭집이 하나 있어서,
고등학교 이학년 때 그 집 소녀를 짝사랑했네.
아버지가 없었던 그 소녀네는
생닭을 팔던 엄마와 코흘리개 남동생이 둘 있었지.
소녀 엄마가 아픈 날은 소녀가 생닭을 잡는데
산 닭의 날개를 불끈 쥐고 무심히 머리를 툭 잘라내었지.
닭 잡던 손으로 동생도 업어 키우고
닭 잡던 손으로 생머리를 매만지기도 했던 소녀
가끔은 까만 교복 치마 뒤에 솜 닭털이 붙어 있어
영락없이 동부 시장 닭집 아줌마의 딸이었던 소녀
엄마가 아픈 날인데 내가 가면 닭을 잡지 않았지.
귓불까지 발개진 소녀가 어두컴컴한 방 안으로 달아나면
소녀 엄마가 욕설 반 한숨 반으로 닭을 잡았지.
목이 잘려도 퍼득거리는 닭을 털 뽑기 기계에 넣으면
살아 있는 모든 닭들이 치를 떨며 버둥거렸고
닭 비린내가 술술 나는 그 집이 서러웠어.

꼭 한 번 같이 달아나
같은 이불 폭 덮어 쓰고
같이 한 번 펑펑 울고 싶었던 소녀

## 짝사랑3

눈길을 걸어서 너에게 간다.
너는 언제나 그 마을에 있고
우물에서 물을 긷거나 군불을 때거나
첩첩 안방에서 헤진 덧버선을 기울 것이다.

너에게 가는 길은 멀다.
배고프고 억울한 구비를 돌아도
눈 깊어 감감한 너의 마을은
저녁밥을 짓는, 연기 한 올 올리지 않는다.

그을린 정지문만 섬뜩한
절망 같은 너의 눈 쌓인 초가
어둠 깊은 마당에는 눈만 내려 쌓이고
퇴적한 마루에는 등불 하나 켜지지 않는다.

너에게 가는 길 돌아서 간다.

없는 너를 더 반가이 만나기 위해
나직이 목메어 불러 보지 않고
이 새벽, 함박눈을 맞으며 돌아서 나는 간다.

# 목

숨이 들락거리는 목
들숨으로 마음먹고
날숨으로 마음을 토하는 목
음식이 들어가는 목
가끔씩 들어간 음식이
토를 달고 나오기도 하는 목

수많은 들숨으로 그대를 향해 먹은 마음
오늘은 마음을 토하기 위해 술이 들어가네
먹은 마음을 몇 번이나 다잡아먹고
한 번은 토하리라 꾸역꾸역 술을 들여도
마침내 술만이 토를 달고 나와
목숨 값도 못하는 서러운 내 목

# 사춘기

하얀 소복 입고
눈 하얗게 까뒤집고
넋을 불러 흐느끼는 무당의
신대를 잡고 떠는 야한 손을
수음하듯 훔쳐 본 사춘기
그 밤에 나는
신 내림이 워낙 강해서
잠자리를 하면 죽는다는
그 무당과 잠자리를 하고 싶었다.
어두컴컴한 신당 안에서 신과 교접한다는
그 양초처럼 하얗고 차가운 손이
내 펄펄 끓는 아랫도리에 닿는다면
굿이 끝난 뒤 사르는 문종이처럼
환한 가벼움으로 밤하늘을 아련히 타 올라
나는 그래! 죽어도 좋다고 생각했다.

# 중력

세상 어디에 가도
중력의 법칙이 있다.
내가 뜨는 밥숟가락, 젓가락에까지
그 젓가락에 묻은 한 톨의 좁쌀에까지
중력의 법칙은 무게로 따라 온다.
찔끔거리는 오줌 한 줄기,
눈물 한 방울에까지
중력의 법칙은 정확히
밑으로만 떨어지게 한다.

떠다니는 나에게
그대는 한 알의 사과
논리로도 설명할 수 없고
윤리로도 설명할 수 없는
밤을 새며 고인 생각들이 무게를 이기지 못하고
그대 쪽으로만

떨어지고
있다.

# 묵
- 문태국에게


그대의 그릇에 담기고 싶습니다.
그대가 빚은 그릇의 모양대로
조용히 가라앉아 고여서
그대가 나를 보듬고 싶은 사랑처럼
예쁘고 여리게 굳어지고 싶습니다.

그대의 그릇에 담겨
풀쭉풀쭉 화냄도 식히고
갈피를 잡지 못해 흐르는 마음도 다잡아
그대가 없을 때도 그대를 모양하고 사는
매끄럽고 편안한 묵이고 싶습니다.

# 보푸라기

너와 헤어진 뒤
정말이지 나는 너를 잊었다.

혼자 걷는 길이 조금 어두워 보였을 뿐
매일 먹는 밥,
밥알 하나 정도가 밥숟가락을 빠져 나갔을 뿐
누워서 보는 천정이
조금 넓어 보였을 뿐
먼 데 기차 떠나는 소리가,
원래 그랬던 것처럼
언 서리를 밟는 발자국으로
불면의 새벽마다 서걱거렸을 뿐
오늘처럼 날 맑은 오후
담배를 피러 옥상에 오르면
네가 즐겨 입었던 털스웨터 보푸라기가
지상에 바스라지는 가을볕에 바래서

마른 아지랑인 냥 눈앞에서 잠깐 아른거렸을 뿐

너와 헤어진 뒤
나에게는 결단코 그리움이란 없다.

# 탄 감자

그래 똑 저런 곳이었으면
논두렁에 콩을 심고
밭두렁에 들깨를 심어
옆길인 듯 한참이나 샌 그 길을
놀빛 등지고 가만가만 걸어가 보면
옥수숫대가 키를 넘어 야트막한 지붕을 가리는
똑 저런 숨바꼭질 같은 집이었으면

그 집에 탄 감자같이 눈이 까만
솔내가 폴폴 나는
엄마 같은 애인을 숨겨 두고
울고 싶을 때 실컷 울고
웃고 싶을 때 실컷 웃어 보았으면

시원한 물김이 피는 두레박 물로
화들짝 화들짝 등물을 하고

모깃불 곧게 오르는 늦은 여름밤
살평상에 나란히 앉아
말없이 달을 우러렀으면

호르르호르르 귀신새가 울어도
먼저 간 사람의 편안하고 슬픈 가락이거니
대추나무 참빗으로 머리를 빗고
쪽 진 머리 한 켠에 물을 묻혀 토닥여 줄 줄 아는
섬세하고 여린 본디 사람으로 한 번만 살아 보았으면

# 감꽃 연서

울지 마라
너희가 우니까 나는 떠났다.
때로 강물보다 깊은 사람의 마음 때문에
나는 떠나 이토록 저문 날에
흐르는 강물에 나를 맡겼다.

나 또한 한낱 작은 감꽃으로 태어나
사랑에 목메다 마침내 떨어져
모든 사람이 혼자 떠난 이 길을
흘러갈 뿐이다.
그 봄날의 연서를 접어다오.
늦가을 찬 서리 까치밥 영그는 어두운 사랑
나는 꿈꾸지 않았다.
너희가 오늘 통곡하여 맺는
이 슬픔의 열매마저 스스로를 버리고서야
절망 속에서 영그는 법

저물수록 깊어가는 강물
모든 것 버리고
누워서 보는 하늘은,
핏빛으로 타들어도 말이 없구나.

# 너에게 가는 길

너에게 가는 길이 노을 길이었으면 좋겠다.
노오란 은행잎이 소리 없이 지고
낮달을 띄운 서녘 하늘에 철새 떼가 날아가는
한적한 교외 길이었으면 좋겠다.
때로 길섶에 연보라 빛 산국화가 피어 있어
사람의 마을에서 나는 연기와 함께
잊어버린 하늘을 한 번쯤
쳐다보게 하는 길이었으면 좋겠다.

너에게 가는 길이 밤길이어도 좋겠다.
환한 보름달이 말없이 떠 있고
눈부시지 않은 하얀 산 아래로
올망졸망 잠든 동네가 아슴아슴 보이는
편안한 오솔길이었으면 좋겠다.
때로 산자락에 키 낮은 사과나무가 있어
달빛 타고 내리는 밤 서리와 함께

까치밥을 남기는 사람의 마음을
짐작하게 하는 길이었으면 좋겠다.

# 마지막 사람

그대가 충분히 늙은 날
육신의 아름다움이 더 이상 존재 이유가 되지 못하는 날
날이 가고 달이 가는 삶의 이치가
그저 그렇고 그런 것이 되어 버린 그 어느 날
멀리 강변에 나무 몇 그루 어둠 속에 서 있고
인가의 불빛 서너 점
아무 생각 없이 어제처럼 고스란한 날
눈마저 흐릿해져
눈을 반쯤 감고도 멀게 해야 겨우 보이는 날

그 쓸쓸한 날에 그 쓸쓸한 밤에
나는 그대의 흐릿한 손님이 되어
가물가물 추억하여 마침내
왈칵 서러운 반가움으로 다가서는 사람
살이 내리고 낡아서 온전해진 사람
그 마지막 사람이고 싶습니다.

# 살 맛

나와 동거하던
욕망이라는 그 젊은 가시내
내 늙어가는 어느 날부터
뜸해졌다.
부쩍 의심이 들어 몰카를 달았다.
예상대로였다.
바람이 났다.

예상 밖이었다.
바람 핀 상대는
언제부턴가
문간방에 세들어 살던
있는지 없는지도 몰랐던
가끔씩 만취해서 귀가하는 날이면
어둠 속에서 뒤통수를 긁으며
겸연쩍게 인사를 하던

죽음이라는 별볼일 없는 사내였다.
그것도 내 안방에서

내 당장 이 연놈들을 하는데
나는 지금 죽을 맛이다.
그 가시내,
내 안방이 있는 세간을
어느새 죽음한테 다 넘기고
나를 문간방으로 쫓아냈다.
그나마 다행으로 생각하란다.
영 쫓아내지 않고
문간방에라도 살게 해 주었으니
죽음이 살던 자리에 내가 사니
어허, 나는 지금 죽을 맛일밖에.

제3부

# 만남

우리 동네 산책길에
옆구리가 터져 죽은
알몸의 지렁이
지렁이의 피도 붉었다.
지렁이의 피도 나처럼 O형일까?
같은 동네서 사는 줄도 모르고
하나는 죽고
하나는 살아서
이렇게 만났다.

# 세상 일

산에 갔다가 뒤를 내려 똥을 눈다.
어디서 날아왔는지
반짝이는 초록등을 가진 똥파리 한 마리
똥이 식기 전에 분주하게 구더기를 슳는다.
똥을 가장 쓸모 있게 만든 어미 똥파리
출산을 마치고 홀가분히 날아간 뒤
새끼 구더기들이 꼬물꼬물
따뜻한 똥의 품속을 파고드는 동안
오월 하늘 아래 바람도 없이 철쭉꽃이 진다.
나도 소나무를 잡고 앉아
똥 누는 자세로 엉거주춤
세상의 일에 참여한다.

# 한 번쯤

할미꽃, 제비꽃
가만가만 재우는
따뜻한 봄 햇살처럼

비 그친 뒤
보리밭에 일렁이는
서늘한 바람처럼

늦가을 붉은 해를
무심하게 가로지른
노을 구름처럼

눈 덮인 빈 들판에
허영청 드러누운
한밤중 보름달처럼

# 고단하고 남루한 나의 몸에게

고단하고 남루한 나의 몸이여
반백년을 살아도
아직 철나지 않은 마음을 업고 너는
귀 떨어져 나가는 새벽길부터
허기져 질척이는 이 저녁의 눈길까지
헐떡거리며 잘도 걸어와 주었구나.

네 등에 업히지 않고서는
단 한순간도 살아낼 수 없는 마음은
오늘도 너의 고마움을 모르고
주름진 얼굴과 빠진 머리털과
늙어 처진 가슴을 모두 네 탓이라 앙탈하며
고고한 그 무엇을 찾아
피곤에 지친 너를 채근하는구나.

욕심이 많아 늘 불평이 잦은 마음이려니

공갈젖을 물려 토닥토닥 잠재워 놓고
고단하고 남루한 몸이여
진눈깨비 펄럭이는 포장마차에 앉아
간델라 불빛에 일렁이는 네 모습을
흐린 술잔에 비추어 본다.
마음이 아파서 깰까 측은하여
너의 눈동자는 슬그머니 젖어 있구나.

# 낚시터에서

살구나무가 환하여
못 물에 떨어진 꽃이파리
속살까지 어리비친다.

못 둑에 눕고 보니
문득 소쩍새의 울음이
목숨의 명치에 닿는다.

벌떡 일어나 망을 턴다.
달 속으로 퍼드득 붕어 떼 귀의한 뒤
물과 달과 내가 고요 속에 환하다.

# 천둥오리 새끼의 울음


천둥오리 새끼가 운다.
어미도 없고 형제도 없고
저만 혼자 남아서 목이 쉬도록 운다.

이만큼 다가가면 저만큼 달아나고
저만큼 쫓아가면 저저만큼 날달음치다
아차차 보뚝 너머로 삽뿍 사라진다.

헐떡거리며 보뚝에 오르면
시퍼런 물 위에 봉실 떠올라 보르르 물을 턴다.
두리번거리다 잊은 듯 다시 운다.

저 어린 것의 목은 쉬어 더는 울음이 아닌데
나는 또 어쩌나 날은 저무는데
노을 타는 한 하늘 아래 저도 나도 혼자다.

# 밥의 실존

돈이 없으면 아무 것도 할 수 없는 세상에 살면서
돈보다 소중한 것은 아무 것도 없다고 하다가도
십 년 어치 이십 년 어치 돈 빨리 벌어
먹고 싶은 것 먹고, 하고 싶은 것 하고 살아야지 하다
가도

고픈 배를 채우려고 허겁지겁 밥 한 그릇을 먹으면서
문득, 십 년 어치 이십 년 어치 밥은커녕
단 한 끼니의 밥도 한꺼번에 먹어 둘 수는 없는
밥의 실존을 생각한다.
한 끼만 굶어도 고픈 배는
끼니때마다 밥의 실존을 가르치는데

나는 왜 밥을 먹듯이 오늘을 살지 못하는가.
밥숟가락을 놓을 때가 죽을 때인데
밥 없이는 사흘도 넘기지 못할 내 목숨을

내일 모레 십 년 이십 년 미루기만 하는가.
때로 그 끼니마저 걸러 가면서
나는 왜 허겁지겁
영원히 오지 않을 내일만 살아가는가.

## 낮달2

- 이라크전, 아이, 여자

사막에서 죽었습니다.
끼니를 찾아 엄마 손을 잡고 나오다가
모래 포탄에 이유도 없이 죽었습니다.
죄 없는 저는 먼지처럼 흩날려
스산한 늦가을 하늘로 흩어졌습니다.
배고픔 때문에 울기도 하면서
짧게 산 제 손에도 지문은 있었지요.
씨레이션 깡통을 든 제 손 위에
피범벅이 된 엄마의 손이 겹쳐있었습니다.
제가 허기를 달래려 찾았던 엄마의 까만 젖꼭지는
사막의 모래에 고깃덩이처럼 으깨져 있었습니다.
독수리도 날지 않는 맑은 하늘,
그 하늘을 오르면서 눈 감지 못하는 저를 봅니다.
어느 하늘 아래에도 떠 있는
눈물도 마른 하얀 낮달 아래
저는 죄 없이 죽었습니다.

엄마도 죄 없이 죽었습니다.

# 단풍

저토록 피 터지게 타오르기 위해서
얼마나 서슬 푸른 분노를 견뎠을까
죄 없는 아이가 포탄 맞아 죽은 얼굴,
검붉은 청춘아, 단풍이 지네.

# 쓴 소주를 마셔도 좋을 날을 위하여

해가 뉘엿뉘엿 넘어가야 한다.
한적한 시골이어야 한다.
간판마저 없는 상점이어야 한다.
상점 유리창이 몇 개는 깨어지고
종이로 바람막이를 해 놓아야 한다.
반창고로 붙인 깨진 유리창 너머에는
저무는 날, 인적 하나 없는
쓸쓸한 한길이 놓여 있어야 한다.
먼지가 쌓인 탁자 위에는
빠알간 고춧가루 두서너 개 섞인
소금 접시가 놓여 있어야 하고
때 전 소주잔이 넘어 가는 햇살 한 줌에
조용히 빛나고 있어야 한다.

주모는 혼자 사는 노파여야 한다.
남편은 사변 때 산에 들어가 죽고

객지에 나간 아들은 여러 해 동안
소식이 없어야 한다.
사람을 기다리다 귀 문댄 흔적,
혼자 반들거리는 문고리 아래 부뚜막엔
남편의 먼지 앉은 검정 고무신이 놓여 있어야 한다.
무심히 소주 한 병을 내어 주고
어둑한 방 안에 문을 닫고 들어가
장죽에 가루담배를 꾹꾹 눌러 물고
꾸벅꾸벅 졸 듯 말 듯
손님이 왔다는 사실도 잊어버린 채
무심히 담배를 피우는 노파여야 한다.

술 마시는 사람은 혼자여야 한다.
살비듬같이 스산한,
과거가 있는 사내여야 한다.
먼지처럼 건조한 얼굴로 소금을 문 채

반쯤 마신 소주잔을 들고,
햇살 엷어진 한길을 내다보아야 한다.
퀭한 눈동자가 소주에 젖어
서산에 허한 낮달을 담을 때쯤
혼자 마알간 하늘을 우러러,
실없이 조용히 흐느껴도 좋으리.
어지간한 세월에 어깨가 굽어
후회도 분노도 초라하게 여겨지는
50 초로의 강파른 고독,
술 마시는 사람은 그 사내여야 한다.

# 미나리

웃기는 놈,
사람에 의해
수십 번 목을 잘리고도
사람을 향한 서슬 푸른 사랑을
버리지 않는다.

병신 같은 놈,
사랑 때문에 입은 상처를
스스로 거름으로 삼아
티 없이 맑은 모가지를
진흙 창에서 뽑아 올린다.

썩을 놈,
사람인 나를 감히 어찌 보고
치욕의 땅에 발붙이고도
지조 깊은 향내를 끝내 잃지 않는가.

감히 사람을 어찌 보고
주저앉아 때 절은 목숨을
헹궈내라 헹궈내라
흐드끼는가.

# 소주


너는 소주다.
게걸진 기름 대신
각진 왕소금이 어울리는,
죽음보다 더 뜨겁고
삶보다 더 지독한
농도 25도의 처절한 몸부림이다.

세상이 더러워
어금니에 힘을 주는
사내들은 다 안다.
맥주를 버리고 너를 잡은
이 억센 주먹들을 보아라.
너는 소주다.

너는 소주다.
부처보다 더 허무히 누웠다가

79

의적보다 더 용감히 왈칵 일어나

비 젖은 마음 벽에

쾅쾅쾅 대못을 박아대는

너는 쐬주다.

# 자취방 추억

술 취한 밤이면 그 방이 떠오른다.

빨래가 널린 연탄 부엌을 지나면
먼지 쌓인 댓돌 위에 조그만 석유풍로가 놓여 있고
촌에서 갓 올라온 반찬 그릇 나부랭이가
시커먼 찬장 속에서 속살거리던 곳
방 안에는 비키니 옷 장 하나,
가지런한 솜이불,
70년대식 동그란 쌀 통,
책상을 겸했던 밥상에는
읽다가만 낡은 시집이 김치 병과 함께 나둥그러져 있
었다.

스무 살 청춘이 그 방에서 살았다.
고향 장학금은 일주일이면 동이 났고
라면으로 끼니를 때워도 마냥 부자 같았던 그 때

시커먼 친구들과 함께 떼 지어 잠을 자고
끼니와는 상관없는 거대담론에 날 새는 줄 몰랐던 그 때
가난 때문에 비웃을 수 있었던 사랑 이야기는 접어두자.

그 방에는 보일러가 없었다.
그 방에는 난로도 없었다.
연탄가스를 몰아내기 위한 봉창에
조그만 구멍이 뚫려 있었을 뿐
때로 그 봉창 너머로 술 취한 객이
'세노야'를 부르며 처량하게 걸어가던 곳
뒤이어 순라꾼의 호각 소리도 들리고
'찹쌀 떠억~'의 구성진 목소리가 잦아들 때쯤
연탄가스를 염려하며 슬핏 잠이 들던 곳
봉창 너머로 동터오는 새벽을 보고
잃어버린 청춘의 가능성을 찾아
소리죽여 울 수도 있었던 곳

대구시 대현동 어디쯤 구석진 골방아

술 취한 밤마다

무릉도원처럼 끝내 없는 너를 찾는다.

# 파리여 존경한다

파리는 용감하다
아홉 시 뉴스, 대통령 이마에도 앉고
연속극 탤런트 줄줄 흐르는 눈물 위에도 앉는다

도저히 앉아서는 안 될 것 같은
검찰총장의 법리적인 입술 위에도 앉고
은행권 지폐의 파닥파닥한 율동 위에도 앉는다

서슬 푸른 구조조정,
구조조정 팻말 위에도 겁없이 앉아
위대한 로고에 똥 갈기는 여유

텔레비전을 습격한 파리여
온 몸이 눈이면서 눈 하나 깜짝하지 않는 파리여
파리 목숨처럼 목숨을 각오한, 파리여 존경한다

# 고추밭에서

극단을 들여다보는 데 마음이 쏠려
중간을 돌보지 못했습니다.
튼실하게 굵은 놈은 굵은 대로 자랑스럽고
병이 들어 짜부라진 놈은 짜부라진 대로 불쌍해서
자주 쓰다듬어 주고 자주 돌보아 주었습니다.
튼실하게 굵은 놈 사이에서 기 한 번 못 펴고
열심히 열심히 박수나 쳐 왔던 중간 놈들,
짜부라진 놈이 약을 먹고 다시 일어서기를 바라며
숨죽이며 조용히 기다려 줄 줄 알았던 중간 놈들,
그 중간 놈들을 눈여겨보지 않았습니다.
이 놈들이 고추밭을 가장 고추밭답게 만들었습니다.
관심 한 번 받지 못하고 부대끼고 넘어지고 엎어지면서
일등이 일등할 때 머저리라고 꾸지람 듣고
꼴찌가 엎어질 때 이기주의자라고 손가락질 받던
중간들이 일어나 새빨간 고추밭을 만들었습니다.
그 중간 하나하나는 일등만큼 꼴찌만큼 피어린 놈인데

사랑한다는 그 흔한 칭찬 한 번 못 듣고도
용감하고 늠름하게 익었습니다.
가을, 햇살 청명한 휴일 한 낮
새빨간 고추밭에서 중간놈들한테 미안했습니다.

# 남몰래 이쁜 것들을 위하여

당신은,
동트는 새벽보다
스러지는 노을을 사랑했습니다.
이승의 모든 슬픔 곱게 빨아
억장으로 물들인 저 들녘 끝에서
가늘게 흔들리는 민들레의 마른 모가지

당신은,
눈부신 햇살보다
어둠 속에 청한 달빛을 사랑했습니다.
세상의 모든 허기 고요히 가라앉혀
먹빛으로 잠잠한 눈발 하얀 얼음장 밑에서
아직도 떨고 있는 미꾸라지의 가는 수염

당신은,
화사한 꽃잎보다

묻혀서 젖은 뿌리를 사랑했습니다.
이 땅의 모든 승리 패배로 삭여
흙빛으로 빚은 감감한 땅 속에서
고요히 꿈틀대는 굼벵이의 젖은 입

당신은,
지금 여기, 잃음이 많은 세상
더이상 앗길 것 없어 차라리 후련한,
놀 아래, 달빛 아래, 땅 속 그 아래서
지조 깊은 땔감으로 온기를 데워
모락모락 김이 나는, 남몰래 이쁜 밥
그 밥 한 술을 짓고 있습니다.

# 위로

내 세상 태어날 때
죽음이 함께 따라왔네.

살아 있는 동안
함께 살고 즐겁게 살라고
쓸쓸하고 서러운 죽음이 따라왔네.

죽고 싶을 만큼 괴로울 때
그래도 죽어서는 안 된다며
죽음이 따라왔네.

꼭 자기만큼만 평등하게 살라고
꼭 자기만큼만 순응하며 살라고
죽음이 따라왔네.

영원하지 않는 삶을 위로하기 위하여

영원한 죽음이 따라와 고맙게도
아직까지 함께 살아 주고 있네.

# 막걸리가 먹고 싶다

파리똥 묻은 형광등이 하나
벽을 사이에 두고 반 등씩 갈라 썼지
손님이 많으면 문짝을 뜯어내고 한 방처럼 썼던 그 집
막걸리가 먹고 싶다.

흘러간 옛 노래를 함께 불렀지
젓가락 장단을 얼마나 두드려댔는지
술상 모서리가 모두 닳고 더러는 떨어져 나가기도 했
던 그 집
막걸리가 먹고 싶다

주전자 밑이 하나같이 우그러져
한 되짜리가 한 되에 못 미치는 술을 담았지
홧김에 술김에 한 번 더 내동댕이쳐 술을 시켰던 그 집
막걸리가 먹고 싶다

돈 생긴 날에는 외상값 갚으러 우르르 몰려가
사람 기분이 정식대로 되나, 돈도 있겠다
한 잔 더 하고 또 외상 긋고 나왔던 그 집
막걸리가 먹고 싶다

다닥다닥 붙은 판잣집을 향해
연탄재가 뿌려진 얼음 언덕길을 올랐지
나무 전신주에 걸린 가로등은 외롭고 취흥에 왜 노래
가 없었겠나
막걸리가 먹고 싶다

# 무좀 치료법

무좀을 치료하려면
무좀을 없애려 해서는 안 된다.
한 번에 치료하기 위해
독한 약을 발라 떼어내려 하거나
위장을 버리는 약을 먹어서라도
죽이려 해서는 안 된다.
수술도 침도 무좀을 박멸하려는 한
무좀은 어떤 박멸도 결국 박멸해 버린다.

무좀을 치료하려면
무좀을 사랑해야 한다.
무좀을 얼굴처럼 매일매일
정성을 쏟아 부어 깨끗하게 씻겨 주고
영양제도 듬뿍 발라 줘야 한다.
무좀을 귀하게 보듬고 같이 살며
시간이 있을 때마다

발가락 사이에서 답답해하는 무좀의 숨통을
알뜰하고 살뜰하게 틔어 준다.


무좀에 대한 열렬한 사랑이
습관에 이를 정도로 중독이 되면
무좀도 마침내 자신을 사랑하게 된다.
여기서부터 무좀은 더 이상
발가락이나 발톱 사이 때를 먹고 사는
냄새나고 습한 존재가 아니게 된다.
이제부터 무좀은 무좀이 아니다.
뽀송뽀송한 발가락과 빛나는 발톱으로
향기롭고 가치로운 존재로 거듭나게 된다.

# 어릴 때의 농촌체험, 그리움과 넘어섬의 대상

정대호(시인)

1.

황영진 시인은 1961년 경북 영양군에서 태어났다. 그의 부모는 영양에서 농사를 짓고 살았다. 그의 어린 시절은 1960년대와 1970년대다. 이 시기에 우리나라는 절대빈곤 국가였다. 1960년대에는 국가적으로 식량문제를 해결하지 못하여 국민들 가운데 많은 수가 하루 세 끼 끼니를 잇지 못하는 경우가 많았다. 국가적으로는 산업화 정책을 실시했다. 도시 저임금 노동자들의 유지를 위하여 저곡가 정책을 폈다. 이리하여 농촌은 상대적으로 더욱 빈곤에 처해 있었다. 황 시인의 시에 의하면 황 시인의 부모도 우리나라의 그 당시 보편적 농부였다. 봉화, 영양, 청송을 경상도의 3대 오지라고 한다. 영양은 경상도의 대표적인 산촌 중 하나다. 사방을 둘러보아도 산으로 꽉 막혀 있다. 그런 황 시인이 도시로 나와서 대학을 나와 사회인이 되기까지 빈곤한 삶이 어떠했는지는 가히 짐작할 수 있다. 가난한 나라에서 가난한 농부의 아들로 태어나서 살아간다는 것, 이것이 무엇을 의미하는 걸까.

이 문제를 끊임없이 던지고 여기에 답을 하려고 노력하는 것이 황 시인의 시다. 황 시인의 삶은 지금까지도 온통 어릴 때의 가난 체험에 묶여 있다. 그는 어릴 때 농경사회에서 자라나 청·장년기의 산업사회를 거쳐 지금은 정보화시대를 살아가고 있다. 그러나 그의 의식은 항상 어릴 때의 가난 체험에서 시작한다. 이것이 그의 시적 정서의 본질이다. 이것은 1950년대와 1960년대의 시인들에서 나타나는 어린 시절의 농촌 체험과는 다르다. 그 시대의 농촌 출신 문학가들은 대다수가 시골 부잣집에서 태어났다. 당시에 고등교육을 받고 시인이 될 수 있었던 사람들은 다 상대적으로 집이 부유했다. 그들의 문학적 정서에서 농촌은 낭만적인 공간이고 목가적인 삶을 누릴 수 있는 곳이었다. 그러나 1980년대 무렵 대학을 나온 농촌 출신들은 그 집안의 경제적 사정이 다양한 격차를 보여 준다. 황 시인은 그 가운데 빈곤 가정에서 자라난 어린 시절의 농촌 체험을 잘 보여 주고 있다. 지금 우리나라의 경제력은 세계적인 수준에서 매우 잘 살고 있다. 이렇게 잘 사는, 부유한 나라의, 상대적이기는 하지만 교사라는 비교적 안정적인 수입을 가진 황 시인이, 가난한 나라의 가난했던 농부의 아들로서 살았던 추억은 그의 정신의 바탕에서 무엇이었을까.


사철 헐벗었던 어머니는 시였다.
노름빛에 천불이 나서
그 어머니를 때렸던 아버지도 시였다.
갈라진 논바닥 위에 엎어져 죽은
장가 못 간 넷째형도 시였다.
한 발이 넘는 생담배를 뜯어 이고
허리 휘청 품을 팔아도
허기진 배 채울 수 없었던
손등이 언제나 부옇게 튼
어리디어린 누이도 시였다.


훤하게 터진 노을에
그림자처럼 드리운
목숨마저 여렸던 아름다운 시여

                                        ─「시」전문


　이 시의 첫째 연은 가난한 농부의 일상적인 삶의 내용들이
소개되어 있다. 이를 황 시인은 '아름다운 시'라고 하였다. 항
상 헐벗은 삶을 살던 어머니, 노름으로 돈을 탕진하면서도 화

가 나면 아내에게 손질도 하던 아버지, 가난으로 좌절하여 농약을 먹고 자살한 넷째형, 무거운 생담배를 이고 나르는 일을 하면서도 언제나 배고픔에 시달렸던 어린 누이. 파노라마처럼 전개되는 가난했던 어린 시절 가족들의 삶의 모습. 황 시인은 왜 이런 삶을 '아름다운 시'라고 했을까. 가난하고 힘들었던 삶은 분명히 개선되어 더 나아져야 하는 것들이지만 그래도 그 속에는 가족관계의 튼튼한 유대감이 있었다. 이 가난한 농부네 가족이 서로 이해하고 도와주며 협동하지 않으면 개인도 가족도 생존 자체가 힘들었을 것이다. 살아가는 것이 위기에 처하면 서로가 양보하고 도와주지 않으면 살아남을 수가 없다. 어렸던 황 시인이 그래도 그때는 정서적으로 안정된 평화를 누렸을 것이다. 만약에 오늘날에도 이러한 가족이 있다면 황 시인의 어머니처럼 가족을 위해서 헌신하지도 희생하지도 않을 것이다. 만약에 부유한 집 형제 같았으면 어린 누이가 가족을 위한 고된 노동을 하지 않았을 것이다. 그러나 그때는 온 가족이 다 그렇게 해야만 어머니도 살아갈 수 있고, 누이도 살아갈 수 있고, 황 시인도 살아갈 수 있었을 것이다. 사람들은 생존이 위기에 처하면 이를 타개하기 위해 같이 힘을 모으고 서로 양보하며 희생하는 것을 당연히 여긴다. 이때가 어린 아이들에게는 정서적으로 훨씬 더 안정적이었을 것이다. '디스토피아적인 유토피아'가 있다면 바로 이런 삶이 아닐까.

2.

아름답다는 것은 무엇인가. 이것은 매우 주관적이다. 사람마다 아름답다고 느끼는 것은 다 다르다. 옛말에 이런 것이 있다. 아름다운 여인이 지나가면 많은 남자들이 쳐다보지만 물고기나 사슴은 도망간다고 한다. 화려한 장미꽃을 보고 아름답다고 생각하는 사람들이 있는 반면에 길가에 핀 하얀 찔레꽃이 아름답다고 하는 사람도 있다. 전자를 좋아하는 사람은 화려하고 우아한 것을 아름답다고 하지만 후자를 좋아하는 사람은 청초하고 소박한 것을 아름답다고 한다. 고량진미에 화려한 가무를 아름다운 만찬이라고 좋아하는 사람이 있는 반면에 초라한 술집에서 소주 한 병, 따뜻한 찌개 한 그릇을 놓고 서로 마음이 통하는 사람과 소박한 이야기를 나누며 밤늦도록 기분 좋게 시간을 보내는 것을 좋아하는 사람이 있다. 놀이동산에 가서 마음껏 놀며 남들이 누릴 수 없는 것들을 비싼 값을 지불하고 자신만이 누려 보았다고, 멋진 추억을 쌓았다고 좋아하는 사람이 있는 반면 힘들고 어려운 사람들을 도와주며 몸살이 나도록 땀을 흘리고서 아름다운 추억을 누렸다고 좋아하는 사람도 있다. 이와 같이 아름답다거나 가치가 있다고 느끼는 것은 사람마다 다르다. 이육사 같은 시인은 나이가 들어서는 늘 감옥에 들락거렸다. 온갖 고문을 견뎌내며 "겨울은 강철로 된 무지갠가 보다"라고 했다. 시련과 고난의 삶이 변함없는 아름다움이라고 생각한다면 살면서 힘들다고 못할 일이 없다. 황영진 시인에게 아름답다는 것은 무엇일까.


술 취한 밤이면 그 방이 떠오른다.


빨래가 널린 연탄 부엌을 지나면
먼지 쌓인 댓돌 위에 조그만 석유풍로가 놓여 있고
촌에서 갓 올라온 반찬 그릇 나부랭이가
시커먼 찬장 속에서 속살거리던 곳
방 안에는 비키니 옷 장 하나,
가지런한 솜이불,
70년대식 동그란 쌀 통,
책상을 겸했던 밥상에는
읽다가만 낡은 시집이 김치 병과 함께 나뒹그러져 있었다.


스무 살 청춘이 그 방에서 살았다.
고향 장학금은 일주일이면 동이 났고
라면으로 끼니를 때워도 마냥 부자 같았던 그 때
시커먼 친구들과 함께 떼 지어 잠을 자고
끼니와는 상관없는 거대담론에 날 새는 줄 몰랐던 그 때
가난 때문에 비웃을 수 있었던 사랑 이야기는 접어두자.

그 방에는 보일러가 없었다.

그 방에는 난로도 없었다.

연탄가스를 몰아내기 위한 봉창에

조그만 구멍이 뚫려 있었을 뿐

때로 그 봉창 너머로 술 취한 객이

'세노야'를 부르며 처량하게 걸어가던 곳

뒤이어 순라꾼의 호각 소리도 들리고

'찹쌀 떠억~'의 구성진 목소리가 잦아들 때쯤

연탄가스를 염려하며 슬핏 잠이 들던 곳

봉창 너머로 동터오는 새벽을 보고

잃어버린 청춘의 가능성을 찾아

소리죽여 울 수도 있었던 곳

　　　　　　　　　　－「자취방의 추억」전문


　　황영진 시인에게 젊은 날의 아름다운 추억은 가난했던 대학 시절 자취방에서의 삶이다. 2연과 4연에서 그 자취방의 풍경이 잘 그려져 있다. 방에는 시골에서 가져온 반찬 그릇이 있는 찬장, 비키니 옷장, 솜이불, 쌀통, 다용도의 밥상, 벽에는 봉창. 부엌에는 석유풍로, 널린 빨래, 연탄아궁이. 시골에서 부모님이 부쳐준 돈은 일주일도 되지 않아 동이 나고 라면으로 끼니를 때워도 친구들과 떼 지어 다니며 정의니 진리니 하고 떠들었던 시절. 돌이켜 보면 그때는 살아가는 데 이해를 따지지 않았다. 모두가 가진 것이 없었지만 서로가 있는 대로 나누며 의기투합할 수 있었다. 누가 더 가졌는지 비교하지도 않았고 있는 대로 함께 쓰며 살았다. 가난하다고 해서 가난의 비극을 느끼지 않았고 그것 때문에 비굴하게 굴지 않았다. 그때 대학은 사회와는 완전히 다른 세계였다고 할 수 있었다. 황 시인은 이러한 삶의 풍경을 아름답다고 했다. 풍요롭고 넉넉한 것이 아니라 모자라는 시대였지만 그 속에 인간미 넘치는 인정이 있었다.

해가 뉘엿뉘엿 넘어가야 한다.
한적한 시골이어야 한다.
간판마저 없는 상점이어야 한다.
상점 유리창이 몇 개는 깨어지고
종이로 바람막이를 해 놓아야 한다.
반창고로 붙인 깨진 유리창 너머에는
저무는 날, 인적 하나 없는
쓸쓸한 한길이 놓여 있어야 한다.
먼지가 쌓인 탁자 위에는
빠알간 고춧가루 두서너 개 섞인
소금 접시가 놓여 있어야 하고
때 전 소주잔이 넘어 가는 햇살 한 줌에

조용히 빛나고 있어야 한다.


주모는 혼자 사는 노파여야 한다.
남편은 사변 때 산에 들어가 죽고
객지에 나간 아들은 여러 해 동안
소식이 없어야 한다.
사람을 기다리다 귀 문댄 흔적,
혼자 반들거리는 문고리 아래 부뚜막엔
남편의 먼지 않은 검정 고무신이 놓여 있어야 한다.
무심히 소주 한 병을 내어 주고
어둑한 방 안에 문을 닫고 들어가
장죽에 가루담배를 꾹꾹 눌러 물고
꾸벅꾸벅 졸 듯 말 듯
손님이 왔다는 사실도 잊어버린 채
무심히 담배를 피우는 노파여야 한다.


술 마시는 사람은 혼자여야 한다.
살비듬같이 스산한,
과거가 있는 사내여야 한다.
먼지처럼 건조한 얼굴로 소금을 문 채
반쯤 마신 소주잔을 들고,

햇살 엷어진 한길을 내다보아야 한다.
쾡한 눈동자가 소주에 젖어
서산에 허한 낮달을 담을 때쯤
혼자 마알간 하늘을 우러러,
실없이 조용히 흐느껴도 좋으리.
어지간한 세월에 어깨가 굽어
후회도 분노도 초라하게 여겨지는
50 초로의 강파른 고독,
술 마시는 사람은 그 사내여야 한다.

　　　　　　- 「쓴 소주를 마셔도 좋을 날을 위하여」 전문


　황 시인이 생각하는 아름다운 삶의 풍경이다. 시가 길지만 전문을 인용했다. 이 시에 나오는 주막은 아마 시골 간이역쯤 되는 곳에 있는 퇴락한 집이다. 그 집의 주모는 가난에 찌들 어도 남편과 자식들로 인해 인생이 찌들어도 삶을 절망하거 나 비관하지 않고 담담히 수용한다. 세상을 초연히 살아간다. 문득 떠오르는 것이, 일제 식민지 말기에 식량공출, 언니나 오 빠 혹은 동생들이 징용이나 징병 혹은 정신대로 끌려가는 온 갖 수탈을 다 당하고, 8 · 15해방과 남북 분단, 극심한 식량난 도 겪고, 6 · 25 동족상잔이라는 전쟁 속에 남편은 죽거나 집을 나가고 없고. 자식이라고 있어서 온갖 바라지 다 했어도 1970,

80년대의 산업화 시대에 돈 벌러 도회지로 나갔지만 돈도 마음대로 되지 않는지 소식조차 없어도, 그래도 가족에 대한 연민과 관계의 끈을 놓지 않고 막연히 기다리는 인고의 여인쯤 되는 사람이다. 아마 황 시인의 어머니나 그보다 약간 나이가 더 들어 보이는 사람들이 살아왔던, 우리나라의 모진 근대사의 한 많은 삶이 녹아 있는 그런 여인쯤 되는 사람이다. 우리나라 민중들의 흔하고 흔한 사람 중의 하나다. 그런 한 생이, 늦가을의 쓸쓸한 저녁 풍경이다. 이 주막에 찾아든 손님 또한 그런 스산한 인생을 가진 외로운 방랑자다. 주인이나 손님이나 쓸쓸하고 황량하게 살아가면서도 애닯도록 간절한 인정의 그리움을 간직했다. 황 시인의 내면에, 아름다운 삶의 풍경이란 바로 이런 것이다.

이러한 아름다움에 대한 인식은 여인에 대한 사랑에서도 마찬가지다.


동부 시장 초입에는 닭집이 하나 있어서,
고등학교 이학년 때 그 집 소녀를 짝사랑했네.
아버지가 없었던 그 소녀네는
생닭을 팔던 엄마와 코흘리개 남동생이 둘 있었지.
소녀 엄마가 아픈 날은 소녀가 생닭을 잡았는데
산 닭의 날개를 볼끈 쥐고 무심히 머리를 툭 잘라내었지.

닭 잡던 손으로 동생도 업어 키우고
닭 잡던 손으로 생머리를 매만지기도 했던 소녀
가끔은 까만 교복 치마 뒤에 솜 닭털이 붙어 있어
영락없이 동부 시장 닭집 아줌마의 딸이었던 소녀
엄마가 아픈 날인데 내가 가면 닭을 잡지 않았지.
귓불까지 발개진 소녀가 어두컴컴한 방 안으로 달아나면
소녀 엄마가 욕설 반 한숨 반으로 닭을 잡았지.
목이 잘려도 퍼득거리는 닭을 털 뽑기 기계에 넣으면
살아 있는 모든 닭들이 치를 떨며 버둥거렸고
닭 비린내가 술술 나는 그 집이 서러웠어.

－「짝사랑 2」 전문


　황 시인이 고등학교 2학년 때 짝사랑했던 여학생에 관한 것
이다. 짝사랑을 한 이유가 가난한 닭집 소녀이기 때문이다. 아
버지가 없이 홀어머니 밑에서 두 남동생과 함께 자라는 소녀
다. 동생들을 업어 키우고 어머니가 아프면 대신 닭을 잡아 파
는 소녀. 닭 비린내가 술술 나는 그 집의 소녀. 엄마가 아픈 날
닭을 잡아 팔다가 남학생인 황 시인을 보고 '귓불까지 발개진
소녀가 어두컴컴한 방 안으로 달아나'는 순박한 모습. 그 모습
만으로도 충분히 짝사랑의 대상이 되었다.
　황 시인에게 아름답다는 것은 무엇인가. 소박한 것이라고

말할 수 있다. 고풍의상에 나오는 화려한 전통 한복을 입은 여인의 모습이 아니라, 산자락에 있는 퇴락한 초가의 마당에서 낡은 옷을 입고 일하다가 지는 해를 보기 위해 허리를 펴고 서는 여인의 모습쯤 될 것이다. 이런 생각을 가졌다고 황시인의 삶이 비뚤어졌다고 비난하는 사회가 되어서는 안 된다. 황 시인이야말로 지극히 자신이 살아온 삶을 긍정하는 태도를 가졌다고 할 수 있다. 왜냐하면 이런 여인의 모습이 바로 자신의 어머니의 삶의 모습이고, 형님이나 누나들의 삶의 모습이다. 자신의 삶에 대해 부끄러워하는 것이 아니라 당당하고 주체적이다. 열등의식을 가진 주변인이 아니라 자신에 대해 주인의식을 가진 인생의 주체자이다. 스스로의 삶에 대해서 자신이 주인이다. 남들의 삶을 부러워하는 것이 아니라 스스로의 삶이 떳떳한 것이다.

3.

황 시인이 어렸을 때, 경상북도 영양군은 전근대의 농경사회였다. 자급자족의 경제가 중심이었다. 아마 그 때쯤 시장에서 돈을 마련하기 위해 환금 작물인 담배나 고추를 조금씩 재배하기 시작했을 것이다. 자급자족의 농경사회에서 자본주의적 사고가 접목되어가는 시기였다. 그들도 마을 밖의 삶을 위해서는 돈이 필요했다. 그래서 시장에서 돈으로 바꾸는 환금 작물의 재배가 접목되던 단계라고 할 수 있다. 여전히 벼와 보리와 같은 주식이 집안 농사의 중심이었다. 이러한 농업경제의 사회는 1년 단위가 한 주기다. 순환속도가 매우 느리다고 할 수 있다.

평생 없이 살다가
배고픈 게 병이 되어
병원 한 번 못 가고 돌아가신
내 어매 유언은 "밑구녕"이었다.
이 말이 유언인 줄도 모르다가
세상 버리신 지 이태 지난 어느 명절날
고향집 안방에 걸려 있던
벽시계 먼지를 털다가 알았다.
벽시계 안 "밑구녕"으로
명절 때 고향 가서 터진 손에 쥐어 드린
꼬깃꼬깃한 만 원짜리 지폐들이
배곯던 우리 어매 생손앓이 고름 터지듯
찔끔찔끔 투두두둑 방바닥에 터져 내렸다.

– 「눈물」 전문

어머니는 명절날 고향집으로 찾아온 자식들이 한 푼 두 푼 쥐어준 만 원짜리들을 벽시계 '밑구녕'에 꼬깃꼬깃 숨겨두었다. 이것은 우리나라의 농경시대를 살아온 어머니들의 본능적인 저축 욕망이었다. 우리나라의 농촌은 온·한대 지역이라서 들판에서 먹을 것을 수확할 수 있는 여름과 가을보다는 겨울과 봄의 기간이 더 길다. 가을에 수확한 것을 다음 해 여름에 보리나 감자가 수확될 때까지 저축해 두고 아껴 먹어야 생존이 가능하다. 가족의 여유 있는 식량 계량을 위해서는 가을에 수확한 벼를 다음 해 가을 때까지 남겨야 쌀밥을 1년 내내 먹을 수 있었다. 요즈음 월급을 받고 살아가는 사람들이 한 달 주기의 생계 계획을 짠다면 농경사회를 살았던 어머니들은 이런 일 년 단위의 생계 계획을 짜야 했다. 한 달 단위보다는 일 년 단위의 계획이 돌발적인 비상사태가 일어날 확률이 훨씬 더 많다. 예기치 않았던 손님이 찾아오는 경우도 있고 뜻밖의 흉사가 생기는 경우도 있다. 우리나라의 농촌마을은 동네 밖에서 보면 산자락 밑에 아늑하고 평화로워 보이지만 실제로는 가난으로 인한 생존의 전투장이었다. 가난한 촌락, 그 집의 부엌에서 살림을 사는 어머니는 일 년 단위의 식량조달 계획을 늘 머릿속에 그려야 했다. 특히 가난한 집 살림을 꾸려가는 어머니는 가족이 굶는 상황이 발생하지 않게 애면글면 아침저녁으로 쌀독 앞에서 손이 오그라지는 하루하루를 살아야 한다. 그래서 우리의 농촌은 비상식량을 저장할 갖가지 명분을 만들어 두었다. 대청에는 성주단지가 있고 부엌창고에는 용단지와 조왕단지, 안방 시렁에는 삼신바가지가 있었다. 성주단지는 벼를 저축하는 곳이다. 경제적으로 여유가 있는 집안에는 벼 두 가마 정도가 들어갈 수 있는 큰 독을 성주단지로 삼는다. 흔히 말하기를 성주단지는 비우지 않아야 한다고 한다. 성주를 비우면 집안이 허하다고 한다. 다음 해 벼를 타작하여 그중 잘 여문 좋은 것을 골라서 성주의 벼를 교체한다. 이 벼야말로 집안에서 가장 든든한 비상식량인 셈이다. 용단지와 조왕단지, 삼신바가지에는 쌀을 저축한다. 용단지와 조왕단지에는 쌀을 한 가마니 정도 넣어둘 수 있다. 이것도 집안의 중요한 비상식량이다. 이것은 주로 예기치 않게 집안에 식구들이 많이 모이거나 들판 일에 이웃들의 도움을 받으면 함께 식사할 때 꺼내 쓸 수 있는 쌀이다. 삼신바가지도 좀 크면 닷 되 정도의 쌀은 들어갈 수 있다. 아마 우리나라 사람들이 다른 나라 사람들보다 온갖 귀신을 좋아해서 집안에 이런 것들을 만들지는 않았을 것이다. 이러한 것들이 열악한 자연조건 상황에서 안전한 삶을 영위하는 지혜였을 것이다. 이런 비상식량은 위급한 상황이 아니면 없던 것으로 치고 쓰지 않는다. 저축해 두는 것이다. 이것은 일 년 단위의 식량계획에서 돌발 상황이 일어나 위급한 상황이 와도 어머니가 안도하도록 만들어주는 것이다. 시인의 어머니가 만 원짜리 지폐를 벽시계의 밑구녕에 꼬깃꼬깃 넣어둔 것은 과거에 습득한 이러한 삶의 지혜의 실천이다. 익숙한 이 습관의 실천이다. 그 액수가 많고 적음이 문제가 아니다. 살아온 체험대로 저축했을 뿐이다. 가족들에게 무슨 일이 일어나면 비상으로 쓸 수 있는 비자금이다. 우리나라와 같이 열악한 자연환경에서 일 년 단위의 농경사회를 살아온 사람들은 돈이 있다고 낭비할 수가 없다. 삶 자체가 참고 견디어내는 것이다.

이런 일 년 단위의 삶에 대한 계획은, 오늘날과 같이 빨리를 추구하는 것이 아니다. 느리다. 머릿속에는 내일에 대한 걱정이 아니라 일 년 뒤가 계산되어야 한다. 변화를 추구하는 것이 아니라 내년도 마찬가지로 변함없이 안정된 오늘이 연속되기를 바란다.

4.

가난한 농촌에서 가난한 농부로 살아간다는 것은 오직 참고 사는 것뿐이다. 권력으로부터 소외되고 경제적으로 소외된 농민들이 꿋꿋하게 살아가는 방법은 스스로 강인해지는 것이다. 스스로 강인해지지 않고 감성적 지배를 당해서는 견뎌낼 수가 없다. 감성의 상처를 입을 곳이 너무도 많기 때문이다.

아버지 울지 않았다
첫째 딸이 홀아비의 재취로

달아난 그 밤에도

아버지 울지 않았다
둘째 딸이 산판장이 총각을 따라
몰래 떠난 새벽에도

아버지 울지 않았다
넷째 형이 자살한
그 해 봄 뻐꾸기 울던 한낮에도

아버지 울지 않았다
막내가 붉은 수인을 달고
감방에 간 그 무더운 날에도

아버지 울지 않았다
자식 때문에 울고
남편 때문에 울고
마침내 자기 설움에 울다 지친 어머니
목숨 줄 놓은 그 초봄 한밤에도

아버지 울지 않았다

아버지 죽어서도 울지 않았다
꼭 다문 입매의 아버지
깡마른 주먹을 꽉 쥐고 있었을 뿐
손톱이 손바닥을 파고들어
피 범벅 생살을 움켜쥐고 있었을 뿐,
아버지 울지 않았다

　　　　　　　　　　　－「아버지, 울지 않았다」 전문


　　이 시의 제목은 '아버지, 울지 않았다'이다. 이 말을 뒤집어
읽으면 아버지는 울어야 할 일이 참 많았다가 된다. 아버지가
세상을 살면서 울어야 하는 이유인, 딸들이 홀아비의 재취나
삼판장이 총각을 따라 집을 떠났다는 사실은 가장으로서의 아
비의 삶을 처참하게 하는 것이다. 그녀들에게는 집을 버리고
떠나야 하는 이유가 존재하겠지만 돌이켜 보면 아비는 가장으
로서 자신이 가족에게 어떤 존재인가를 생각하게 한다. 한 아
들이 자살을 하고 또 한 아들이 감옥에 갔다(사실 황 시인은
1989년 전교조 사건으로 100일 동안 대구 화원교도소에서 수
감 생활을 했다.)는 사실도 아버지로서는 슬픈 일이다. 그러나
돌이켜 보면 이 또한 농민으로서의 삶이 주는 많은 아픔 가운
데 하나이다. 스스로 강인해지지 않고서는 세상을 견뎌낼 수
가 없다. 농부는 울어야 할 일이 너무 많아서 쉽게 울 수가 없

다. 그것을 다 울다가는 울음에 빠져 아무것도 할 수가 없다. 아내의 죽음 앞에서도 자신의 죽음의 고통 앞에서도 입을 악다물고 두 주먹을 움켜쥐고 용을 쓴다. 울지 않기 위해서. 이는 아버지의 일생을 지배해 온 내면의 의지이다. 이것이 아버지가 생존하는 철학이다. 울어야 할 일들이 있다고 슬픔에 빠지거나, 분노해야 할 일들이 있다고 그때마다 분노하고, 방황해야 할 일들이 있다고 방황하다가는 살아남을 수가 없다. 현실적으로 힘이 없다. 국가 권력 앞에서 힘이 없고 하루하루 먹고살기 힘든 경제력 앞에서 힘이 없다.

울어야 할 일이 너무 많은데도 삶을 견뎌내려면 울지 않아야 한다는 약속 없는 계율을 지켜야 한다. 속으로 안간힘을 쓰면서 끙끙거리면서도 살기 위해서는 강인한 척 표정관리를 해야 한다. 이러한 의지는 한을 쌓게 되고 이는 어떤 계기를 만나면 울음으로 터져 나온다.


흠뻑 비를 맞아 본 적이 언제였던가
흠뻑 울어 본 적이 언제였던가


어린 시절 십 리 잿길을 넘어 삼십 리 흙길을 걸어
영덕경찰서에 갇힌 아버지를 만나러 가는 길에도
한없이 가늘어만 가던 보따리를 인 어머니

비틀거리는 뒷모습에도
나는 울지 않았다


철창을 움켜 쥔 두 눈 퀭한 아버지
깡마른 손, 때 묻은 손을 보고도
먼지로 보얗게 뒤덮인 어머니 얼굴에
검은 선을 그으며 곧게 흘러내리던 눈물을 보고도
나는 울지 않았다


면회를 마치고 돌아오는 길
문득 돌아보면, 어머니
"해가 왜 이래 따갑노?"
때가 전 무명 수건으로
몰래 울어 붉어진 눈을 황급히 가릴 때에도
앞만 보고 걸으며 입술을 앙다문 채
나는 울지 않았다


재를 넘어서자 우리 집 오막살이가
저 멀리 까맣게 보인다 싶더니
갑자기 검은 구름이 모여들어 장대비가 내렸다
나는 드디어 울어도 되었다

천둥소리 후련한 장대비에 젖으며
빗줄기 속에 어머니의 굳은살 박인 조막손을 더듬어 잡고
나는 흠뻑 울었다

- 「장대비」 전문

이 시의 시적 화자는 2연, 3연, 4연의 울어야 하는 상황에서 '나는 울지 않았다'를 반복한다. 그러다가 5연의 끝에서 '나는 흠뻑 울었다'로 끝맺는다. 시적 화자가 어머니와 함께 영덕 경찰서에 아버지의 면회를 가기 위해 산길 십 리 흙길 삼십 리, 즉 사십 리의 길을 걸어서 갔다 온다. 보따리를 이고 가장의 면회를 가는 팍팍한 길을 걸으면서도 어머니는 울음을 감춘다. 마침내 철창 안의 퀭한 가장을 보고 더 이상 어머니는 울음을 참을 수 없다. 그러나 아이한테 들켜서 안 되기에 큰소리로 울지 못하고 아이 몰래 조용히 눈물을 흘린다. 어머니가 운다는 사실을 아이는 흙먼지 덮힌 어머니의 얼굴 위로 흐르는 검은 선으로 알아차린다. 그러나 아이는 울음을 참는다. 다시 돌아오는 길, 어머니는 울면서도 그것을 숨기기 위해 "해가 왜 이리 따갑노?" 하고 딴청을 피운다. 재를 넘어서 집이 보이는 마을 어귀에 들어서자 장대비가 때맞추어 내린다. 빗속에서는 아무리 눈물을 흘리고 울어도 눈물이 빗물에 섞여 보이지 않고 그 소리도 빗소리에 섞여 들리지 않는다. 눈물을 숨길 수 있는

장대비 속에서 아들은 힘든 농사일로 굳은살이 박인 어머니의 작은 손을 더듬어 잡고 장대비처럼 '흠뻑' 운다. 이 남몰래 우는 울음은, 참고 견디는 것을 넘어 가족에 대한 배려에 가 닿는다. 어린 자신까지 울면 가족의 슬픔이 더 커지기에 참고, 그렇게 참다가 울음이 표 나지 않는 장대비 속에서 후련히 우는 것이, 황 시인에게는 '시'요, '아름다움'이었다.


5.

사람들이 가치 있다고 생각하는 것은 사람마다 다 다르다. 그래서 세상의 수많은 사람들이 각자 자신의 일을 하면서 그것을 통해 자신이 살아야 하는 이유를 찾는다. 모든 권력을 가진 제왕도 길거리에서 구걸을 하는 거지도 다 자신이 추구하고자 하는 가치가 있다. 이것이 각자가 자신이 살아야 하는 이유가 된다. 가난한 농부의 아들로 태어나 이 세상의 많고 많은 사람들 속에 섞여 살아가는 황 시인에게 살아야 하는 이유가 무엇일까. 황 시인은 산에 갔다가 뒤가 마려 똥을 누다가 그 이유를 발견한다.


산에 갔다가 뒤를 내려 똥을 눈다.
어디서 날아왔는지

반짝이는 초록 등을 가진 똥파리 한 마리

똥이 식기 전에 분주하게 구더기를 슳는다.

똥을 가장 쓸모 있게 만든 어미 똥파리

출산을 마치고 홀가분히 날아간 뒤

새끼 구더기들이 꼬물꼬물

따뜻한 똥의 품속을 파고드는 동안

오월 하늘 아래 바람도 없이 철쭉꽃이 진다.

나도 소나무를 잡고 앉아

똥 누는 자세로 엉거주춤

세상의 일에  참여한다.

-「세상일」 전문

똥파리 한 마리가 구더기를 슳어 똥을 가장 쓸모 있게 하는 것을 보고 황 시인은 자신의 존재이유를 발견한다. 똥은 동물들의 배설물이다. 냄새가 나고 더럽다고 흔히 사람들이 멀리한다. 그런데 똥파리 한 마리는 그 똥을 쓸모 있는 존재로 만든다. 이것이 똥파리의 존재 이유다.

파리는 흔히 작고 힘이 없는 것이라고 생각한다. 파리 목숨이라는 말을 자주 쓴다. 김승옥은 소설 「서울, 1964년 겨울」에서 절망적 현실을 이런 말로 표현한다. '날 수 있는 것 가운데 잡을 수 있는 것은 '파리'밖에 없다고 했다. 이 소설에서 '서울'은 인간의 관계의 끈이 가장 약한 약육강식의 삶이 지배하는 대도시이고, 1964년은 극심한 불경기였다. 5·16 쿠데타로 국가 이미지가 추락하여 수출도 안 되었다. 국내외적으로 경제적 위기에 처했다. 이것을 타개하기 위해 우리나라 정부는 1965년 일본의 식민지 지배의 배상을 받았고 월남파병을 했다. 겨울은 1년 가운데 가난한 사람이 가장 살기 힘든 계절이다. 이때 부잣집 대학원생 '안'과 가난한 말단 공무원 '나'가 나누는 대화에서 '날 수 있는 것(희망)' 가운데 손으로 '잡을 수 있는 것(실현 가능한 것)'은 '파리'밖에 없다고 했다. '파리'만한 희망은 '절망'이라고 그렇게 표현했다.

그런데 황 시인은 똥파리가 쓸모없는 똥을 쓸모 있는 것으로 바꾸는 것만으로도 충분히 존재 이유가 있다는 것을 발견한다. 여기서 그는 자신의 삶이 가치 있다는 것을 발견한다. 소나무를 잡고 앉아 "똥 누는 자세로 엉거주춤 / 세상의 일에 참여한다."는 것만으로도 그는 자신이 살아야 하는 가치를 발견한다. 이것은 황 시인이 세상을 살아가는 데 매사에 긍정적이고 낙천적일 수 있는 바탕을 제공한다. 세상에 존재하는 것은 모두가 다 제 위치에서 자신이 하는 일을 통해 자신의 존재가치를 가지는 법이다. 이렇게 되면 수직적 질서의 사회적 가치를 무시할 수 있다. 권력과 권위를 내세우는 누구 앞에서나 당당할 수 있다. 또한 이 세상에 하찮은 것으로 여기는 어떠한 생명도 존중하며 살아갈 수 있다.

　파리는 용감하다
　아홉 시 뉴스, 대통령 이마에도 앉고
　연속극 탤런트 줄줄 흐르는 눈물 위에도 앉는다

　도저히 앉아서는 안 될 것 같은
　검찰총장의 법리적인 입술 위에도 앉고
　은행권 지폐의 파닥파닥한 율동 위에도 앉는다

　서슬 푸른 구조조정,
　구조조정 팻말 위에도 겁 없이 앉아
　위대한 로고에 똥 갈기는 여유

　텔레비전을 습격한 파리여
　온 몸이 눈이면서 눈 하나 깜짝하지 않는 파리여
　파리 목숨처럼 목숨을 각오한, 파리여 존경한다
　　　　　　　　　　　　　－「파리여 존경한다」 전문

　그가 파리를 존경하는 이유는 단순하다. 파리 목숨은 힘없
는 존재이지만 파리는 그가 다니는 곳을 차별하지 않는다. 대

통령 이마에도 앉고 배우의 위장된 눈물에도 앉는다. 때로는 사람의 목숨을 결정하고, 없는 죄도 만들어서 유배를 보낼 수 있는, 이승의 염라대왕 같은 검찰총장의 입술에도 앉고, 경제적인 지배를 상징하는 돈 위에도 앉는다. 이런 점에서 파리는 무정부주의자다. 그는 자신의 목숨을 초월할 수 있기 때문에 세속적 가치를 무시하고 자신의 행동을 자유롭게 한다. 이쯤 되면 황 시인이 살아가는 가치관을 알 수 있다. 그는 세속적인 지위의 권위를 인정하지 않는다. 그가 권력의 제왕이든 금력의 제왕이든 부러워하지 않는다. 아니 세속적인 지위에 따라 존경하지 않는다. 이런 점에서 황 시인이 진짜로 의미를 부여하는 것은 똥파리의 삶이다. 남에게 보이지 않는 곳에서 작은 것의 소중함을 실천한다. 이런 사람에게 세속적인 지위나 명예라는 것은 부패하고 위선적인 껍데기로 보인다. 인간에 대한 따뜻함이 없고 영악하고 속이 꾸린 속물들에 불과하다. 파리는 겁 없이 이런 것들의 이마고 눈물이고 가리지 않고 앉는다. 그런 파리를 황 시인은 존경한다고 한다.


6.

황 시인이 어렸을 때 보았던 우리나라의 농촌은 매우 가난했다. 당시 우리나라는 국가 단위로 볼 때 세계적으로 가난한 나라였다. 여기에 박정희 정권은 도시의 산업발달 위주의 경제 정책을 폈다. 농촌은 도시에 비해서 상대적으로 더 낙후한 가난한 지역이었다. 국가 체계적으로 보면 전체주의 독재국가였다. 그 시대를 상징하는 것이 군대문화였다. 군대문화라는 것이 수직적 질서를 가지고 있다. 피라미드 권력의 제일 상위에 있는 사람이 한 마디 명령을 내리면 마지막 말단이 되는 손발들까지도 일사분란하게 무조건 명령에 따라야 했다. 여기에 비판이나 불평은 허용되지 않는다. 군대문화였기 때문이다. 국가 권력의 피라미드에서 보면 농민들은 제일 말단의 손발의 위치에서 살아가는 사람들이다. 이들 농민들은 도시 산업근로자들보다 피라미드의 더 하층 계급에 속한다. 그러니 도시 근로자들의 저임금정책을 유지하기 위해서 다시 농민들이 희생되어야 했다. 그것이 저곡가 정책이다. 이렇다 보니 농민들의 삶이란 것이 절대적 빈곤에다가 상대적 빈곤까지 포개어져 있는 형국이 된다. 시골에서 농사를 지어서 당장 끼니를 이어가는 것도 힘들었으니 자식들의 교육이란 것은 상대적으로 더욱 힘들었다. 내가 어릴 적인 1970년대 초만 하더라도 가난한 농민의 딸들은 초등학교를 나와서 대도시에 밥만 먹여주는 무급식모로 가는 경우도 많았다. 조금 잘 가면 기숙사 사감의 감시가 살벌한 방직공장에 취직했고, 또 더러는 차장이라고 불리는 버스 안내양으로 취업했다. 이러한 과정에서 성폭력을 당하고 술집으로 전전하는 경우도 있고 미쳐버린 경우도 있다. 남자들은 기술을 배운다는 명분으로 역시 가내공장의 무급노동자로 가는 경우도 많았다. 그러다가 택시기사를 많이 했고 잘나가면 중장비운전을 했다. 사정이 이러다보니 농민과 농민의 자식들의 삶이란 우리나라 최고의 하층민의 생활이라는 것을 알 수 있다. 아니 이들은 스스로 하층민에 편입되어 살아가고 있었다. 권력과 돈으로 잘난 사람들의 천대와 멸시의 대상이었다.

이런 농부들의 삶은 한이 많을 수밖에 없다. 우리나라 전통적인 민중문학에서 보면 민중들은 이러한 경우에도 극단적인 절망을 잘 하지 않는다. 극단적인 절망만을 읽어내게 되면 자살을 할 수밖에 없다. 그러나 우리나라 민중들은 극단적인 방법을 잘 취하지 않는다. 현실에 굴복하여 살아가면서도 희망을 가지고 체념한다. 즉 낙천적 체념을 하는 것이다. 언젠가는 해가 뜨겠지 하고 기대하면서도 오늘은 체념할 줄 안다. 이것을 우리는 민중적 낙관이라고 불러도 좋을 것이다. 부조리한 것을 참고 분노를 다스리면서 '언젠가는 해가 뜰' 미래에 대한 막연한 낙천적 전망을 가지며 체념한다. 이것을 한의 승화라고 할 수도 있을 것이다. 여기서 해학이 발생한다. 풍자가 대상을 비난하고 조롱하여 공격하는 것이라면 해학은 스스로 못난 것을 인정하며 체념할 때 발생한다. 마음을 비워 공허해지면 웃을 수밖에 없다.

쌓인 한은 깊고 그 한을 풀어 소통할 장소를 얻지 못할 때 한의 도가 지나치면 웃어버릴 수밖에 없다. 이성의 논리로는 풀어낼 수 없다. 풀어낼 수 없는 장벽을 만났을 때 그냥 히 웃을 수밖에 없다. 다음에 보는 시 「낮달」은 이것을 잘 보여 준다. 시집보낸 외동딸이 죽어서 돌아왔을 때 억장이 무너지는 그 어머니의 마음을 누가 헤아려 줄 수가 있을까. 가난한 농부로 애면글면 길러낸 딸이 시집가서 잘 살지도 못하고 죽어서 한 줌 뼈로 돌아왔을 때 억장이 무너지는 그 어머니는 '히' 웃을 수밖에 없다. 그런 아내마저 죽었을 때 그 남편 또한 그렇게 웃을 수밖에 없다. 아무도 그 아픔을 이해해줄 수 없다. 그때 소통은 도를 넘는다. 이성으로 이해하려는 보통 사람들은 그들을 돌았다고 한다. 미쳐버린 것이다. 극단적인 슬픔이 가닿은, 미쳐버린 한의 웃음, 황 시인은 낮달의 모습을 통해 그것을 읽었다.

이 미쳐버린 한을 다루고 있는 시 한 편을 읽어보는 것으로 이 글을 마치고자 한다.

시집보낸 외동딸이
한 움큼의 하얀 뼛가루로 돌아왔을 때
낮달이 떠 있었다.
그미는 정신 줄을 놓고 히 웃었다.

우물물을 긷다가 먼 산을 보고
보리를 씻다가도 하늘을 보고
낮달이 떠 있었다.
그미는 일도 잊고 컴컴한 방에서 종일토록 히 웃었다.

늙은 남편이 경운기에 그미를 실어
바깥바람을 쐬러 나가면
그 때마다 낮달이 떠 있었다.
개미가 종아리를 물어뜯어도 마냥 히 웃었다.

어느 겨울 해가 한 자나 남은 날
집 근처 황초집 담벼락에 기대어
하염없이 낮달이 떠 있었다.
목숨 줄을 놓으면서도 그미는 히 웃었다.

홀로 남은 남편 용케도 버틴다 싶더니
어느 날부터 히 웃었다.
똥오줌도 잊고 지린 옷을 입은 채 이승을 뒹굴다가
아내 죽고 이태 동안 낮달을 보다가 히 웃으며 졌다.

　　　　　　　　　　　　　　　－「낮달」 전문